AF199194

Tim Hilder

Infinity

Die Welt der unbegrenzten Möglichkeiten

Tim Hilder

Infinity

Die Welt der unbegrenzten Möglichkeiten

Impressum
»Infinity«

Texte © Timothy Hilder
1. Auflage 2023
Lektorat: Jörg Fred Nowack https://lektorat-nowack.de
Buchcoverdesign: © Jörg Fred Nowack unter Verwendung von
Zeichnungen von Tim Hilder
Herstellung und Verlag: BoD – Books on Demand, Norderstedt

ISBN 9783-749 497 096

Liebe Leserinnen und Leser, habt ihr euch schon mal die Frage gestellt, wie es vielleicht wäre, in einer Welt zu sein, in der absolut alles möglich ist?
Wo ihr einfach ihr selber sein könnt?
Wo ihr eurer Fantasie freien Lauf lassen könnt?

Schließt eure Augen und lehnt euch ganz entspannt zurück. Denn eine solche Welt möchte ich euch zeigen. Die Fahrt ist kostenfrei und ihr seid alle von mir persönlich herzlich eingeladen.

Natürlich gibt es während der Fahrt ein paar Regeln zu beachten. Für ein paar bestimmte Welten, die euch da draußen erwarten, solltet ihr lieber vorsichtshalber eure Portmonees und Handys mitnehmen.

Für eure Sicherheit seid ihr selbst verantwortlich. Aber falls es sehr ernst sein sollte, kein Problem. Denn wir haben außerhalb dieser Welt eine große Krankenhauswelt, die euch ärztlich versorgen kann. Doch ich hoffe wirklich sehr, dass wir nicht dort hinfliegen müssen.

Außerdem gibt es eine riesige Wissenschaftswelt mit den größten Erfindungen von heute, wie Zeitmaschinen oder schwebende Autos. Hier werden sehr viele neue Sachen erfunden.

Mein Name ist Max Hammerstein. Ich bin der Reiseführer in dieser Welt. Lasst euren stressigen Alltag wie
zum Beispiel Schule, Arbeit oder Uneinigkeiten mit den
Menschen, die euch wichtig sind, ganz weit hinter euch,
kommt alle mit an Bord meines Raumschiffes und schon
kann es losgehen.

Die Welt, die ich euch zeigen will, heißt Infinity.

Man kann sich das so vorstellen: Infinity ist riesengroß,
sogar noch größer als unser Planet Erde. Sie ist ganz
durchsichtig blau und enthält viele verschiedene kleinere
Welten. Hier gibt es einfach alles, was ihr euch in euren
kühnsten Träumen vorstellen könnt. Es gibt viele schöne
Orte und leider auch ein paar wenige böse Orte.

Und jetzt sind wir auch schon bei unserem ersten Halt
auf der Infinity-Reise.

Ihr wollt dringend abschalten und euch gut erholen?
Kein Problem, denn die allererste Welt hat die Form einer
großen Welle und ist wirklich ein Paradies.
Sie heißt die »Urlaubswelt«.
Wie der Name es schon sagt, reisen Lebewesen aller
Welten hierher, um sich zum Beispiel zu erholen, um
schwimmen zu gehen, die Inseln zu erforschen,
Muscheln und Steine zu sammeln, auf den großen
Wellen zu surfen oder ganz entspannt Cocktails zu
trinken und die wunderschönsten Sonnenuntergänge
von ganz Infinity zu genießen.
Diese Welt ist wahrhaftig ein Muss für alle Urlauber,
denn die Urlaubswelt ist voll mit Meer, Bars, Meeres-
bewohnern, Sandstränden und den außergewöhn-
lichsten Inseln.
Ich persönlich würde nie wieder von hier weg wollen.

Ich hoffe, dass ihr einen schönen und erholsamen Urlaub gehabt habt, denn jetzt geht es weiter zu einer sehr romantischen Welt.

Vielleicht hat einer von euch hier an Bord meines Raumschiffes ein Auge auf einen Schwarm geworfen? Dann aufgepasst, denn in der nächsten Welt herrscht ununterbrochen pure Romantik. Diese Welt hat die Form eines sehr großen Herzens, auf dem ein Pfeil drauf ist. Sie heißt die »Herzenswelt«.

Das ist ein Ort, an dem es im Inneren immer eine romantische gelb-rötliche Dämmerung gibt.

Was man sich auf keinen Fall entgehen lassen sollte, ist der riesige Herzensfluss. Doch statt Wasser wie in einem Fluss, wie ihn viele von euch kennen, treiben in diesem Fluss viele rote Herzen.

Und über den Herzensfluss führt eine große Brücke, die in ihrer Mitte die Form eines großen Herzens hat.

Überall auf der Brücke können Pärchen Schlösser mit ihren Namen in einem Herzen für immer verschließen und die Schlüssel in den Fluss werfen.

Wenn sie möchten, können sie von einem sehr guten Fotografen ein oder zwei romantische Fotos von sich selbst in den unterschiedlichsten Posen machen lassen.

In der Herzenswelt treffen sich Lebewesen aller Welten, um sich eine Lebensgefährtin oder einen Lebensgefährten zu suchen und sich für ein erstes Date zu treffen. Zum Beispiel kann man bei angezündeten Kerzen gemeinsam essen gehen, mit herzförmigen Tret- oder einfachen Paddelbooten in einem Herzsee mit Wasserfällen fahren, Duett-Karaoke singen oder der Liebsten seine Gefühle sagen und zeigen. Dort gibt es auch Geigenspieler, die passende Musik spielen und auch sonst für gute Stimmung sorgen. Glaubt mir, danach wollen die Pärchen einander nur noch Seite an Seite haben und es hat tatsächlich schon sehr viele Küsse gegeben.

Manche wollen gar nicht mehr damit aufhören, bis sie sich dann entscheiden, sich zu verloben und später zu heiraten. Dazu fliegen immer sehr viele Herzen in die Luft. Das sind heute nicht die ersten und werden nicht die letzten Pärchen sein.

Ich hoffe, dass ihr euch über beide Ohren verliebt habt und dass es für immer anhält!

Denn jetzt geht es weiter und wir folgen dem Party-Rhythmus. Ich kann euch jetzt schon sagen, ihr solltet euch warm und schick anziehen und unbedingt eure Tanzschuhe auspacken, denn diese Welt hat die Form

einer großen Discokugel. Sie heißt die » Musikwelt«.
Hier ist nämlich mit Musik und Tanz nonstop Party!!!!
Wer möchte, kann Radios anmachen. Ein Klick und
schon stehen euch alle bekannten Sender zur Verfügung.
Zum Beispiel NDR 2, RADIO RST, FFN oder 1LIVE und
wie sie alle heißen. Hier sind alle verschiedenen Musik-
geschmäcker zu Hause, zum Beispiel Pop, Rock, Heavy
Metal, Jazz oder Techno. Und egal, ob zum Beispiel CDs,
Instrumente oder Schallplatten, es gibt von allem sehr
viel zu finden. Und es gibt zum Beispiel auf Konzerten
die einmalige Gelegenheit, ganz bekannte Künstlerinnen
und Künstler zu treffen oder in Discos, Bars oder Nacht-
clubs zu gehen.
Hier gibt es keine normalen DJs, die Musik spielen, und
zwischendurch auch Musikwünsche erfüllen, sondern es
gibt als DJs gekleidete Dschinns, besser bekannt als
Flaschengeister. Normalerweise gewähren sie dem
Finder einer Wunderlampe drei Wünsche.
Doch hier ist alles ganz anders.
Hier sind sie nämlich nicht in einer Lampe, sondern frei
und sie erfüllen den Besuchern unendlich viele Musikwünsche.
Ich selbst bin übrigens auch ein großer Partylöwe.

Nach so viel Party habt ihr ganz bestimmt großen Durst und Hunger.

Kein Problem, denn die nächste Welt, in die wir fliegen, hat die Form einer Chefkochmütze.
Sie heißt die »Speisewelt«.
Das ist ein Ort, der voll ist mit Restaurants, Cafés, Eisdielen oder Bars mit den unterschiedlichsten Speisen oder Getränken. Hier gibt es Speisen aus aller Herren Länder wie English Breakfast, Limonaden, Mantaplatten, Döner, Eis, Gyros, Liköre, Sanddorntorte und noch vieles mehr.
Hier gibt es auch ein ganz großes Kochbuch mit allen möglichen Rezepten zum Selberkochen oder -backen.
Und wenn man Lust hat, kann man sich auch zum Beispiel selbst etwas Leckeres zum Essen oder Trinken einfallen lassen, es sofort umsetzen und am Ende in dem Kochbuch verewigen.
Mein absolutes Leibgericht ist Pizza!

Ich hoffe, ihr habt euch gut gestärkt, denn jetzt lassen wir es etwas langsamer angehen. Die Welt, in die wir jetzt fliegen, hat nämlich die Form eines Riesenbuches.

Sie heißt die »Bücherwelt«.

Das ist ein Ort voller spannender, abenteuerlustiger oder märchenhafter Geschichten. Alle, die mal Ruhe haben wollen, können sich diese Welt als einen Ort der Stille aussuchen.

Die Bücherwelt ist voll mit hunderten, aber wirklich hunderten Bücherregalen.

Hier sind mal hin und wieder auch sehr bekannte Autorinnen und Autoren sowie viele Figuren aus den verschiedensten Büchern zu Gast.

Und wenn man die Bücher liest, werden die Geschehnisse, Hintergründe und Figuren auf magische Weise lebendig.

Ich zum Beispiel lese gerne Geschichten wie die beiden Abenteuer von Jim Knopf.

Und nun hoffe ich, dass ihr euch gut entspannt habt, es geht nämlich geschichtlich weiter.

In der nächsten Welt, auf die wir jetzt zusteuern, müssen wir hin und wieder sehr vorsichtig sein. Man sagt zwar, dass in einem Museum die Geschichte lebendig wird, aber hier ist es damit sehr ernst. Diese Welt hat nämlich die Form eines großen Museumsgebäudes, in dem sich viele verschiedene Museen befinden.

Sie heißt die »Museumswelt«.

Wie man es normalerweise in einem Museum kennt, gibt es auch in der Museumswelt ein Planetarium, das sich in der Mitte des Gebäudes befindet. Man kann es eigentlich nicht verfehlen. Planetarien finde ich in Museen wirklich am coolsten.

Aber jetzt kommt etwas ganz Besonderes! Es haben bestimmt schon viele von euch die Filmtrilogie „Nachts im Museum" gesehen. In der Museumswelt ist es nämlich ähnlich. Egal ob bei Tag oder Nacht laufen hier zum Beispiel Dinosaurier, Ritter, Cowboys oder Indianer durch das gesamte Museum.

Ich hoffe, ihr seid alle noch in einem Stück?
Denn nun geht es filmisch spannend weiter.

Die nächste Welt, die ich euch unbedingt zeigen will, hat die Form einer Filmkamera.
Ihr könnt euch das wahrscheinlich selber ausmalen, aber egal. Sie heißt die »Kinowelt«.
Dort hat man die einmalige Gelegenheit, mitten in einem FILM oder in einer TV-SERIE zu sein. Also richtig schauspielern in allen möglichen Genres, zum Beispiel Fantasy, Science-Fiction, Action, Animation, Comedy oder Horror.
Wie der Name dieser Welt es schon sagt, gibt es hier sehr viele Fernseher, Kinos und viele Streamingdienste wie beispielsweise Disney Plus oder Netflix.
Und hier umgibst du dich mit allen Filmen und TV-Serien, die es überhaupt gibt, wie beispielsweise die von Disney, DreamWorks, Pixar, Marvel oder Star Wars.
Und man entdeckt sogar einige Trailer für alle neuen Projekte.
Hier gibt es auch tolle Snacks wie Popcorn oder Nachos.
Wer darauf keinen Bock hat, kann sich auch einen Fernseher schnappen, auf dem man die FILME und TV-SERIEN auch auf DVD, BLUE-RAY oder VOD gucken kann. TV-SENDER wie Toggo, Cbeebies, RTL oder BBC ONE sind ebenfalls vorhanden.

Und es gibt die Möglichkeit, »Pimp your Pizza« passend zu einem Film oder einer Serie zu machen. Da schnappt man sich 'ne tiefgekühlte Pizza wie Quattro Formaggi und legt noch seine Lieblingszutaten wie Salami mit extra Oregano drauf. Ich zum Beispiel würde sehr gerne in DreamWorks „Drachenzähmen leicht gemacht" eine Synchronrolle haben und einen weiteren Nachtschatten zähmen, falls es noch einen von ihnen geben sollte.

Für alle, die keine Lust auf Filme und Schauspielerei haben, habe ich auch eine andere Lösung.
Sie heißt die »Vergnügungswelt«.
Das ist eine Welt, in der man die verschiedensten Formen von Wasserrutschen ausprobieren kann, die so lang und schnell sind, dass man entweder alleine oder mit mehreren zusammen die komplette Welt von oben ansehen und daran vorbeirasen kann. Sie ist außerdem voll mit Freizeitparks, Kirmessen, Indoor-Spielplätzen, Zirkussen oder Schwimmbädern, wo man zum Beispiel auch in Wellenbäder gehen und nebenbei schwimmen kann, während man von den Wellen rasend schnell zu Boden gepeitscht wird. Ich zum Beispiel fahre für mein Leben gern Achterbahn oder Freier Fall.

So, an alle Sportskanonen:

Euch habe ich auch eine Welt zu zeigen. Diese Welt hat die Form eines Fußballs und heißt die »Sportwelt«.

Hier kann man alle Sportarten betreiben, die es überhaupt gibt, zum Beispiel Schwimmen, Zumba, Fahrradfahren, Langlauf, Bogenschießen, Reiten, Tischtennis oder Trampolinspringen. Man hat auch die Gelegenheit, in Pubs zu gehen, ein Bier oder eine Cola zu trinken und dort oder direkt vor Ort Fußball, olympische Spiele oder Tennis zu gucken.

Ich persönlich bin zum Beispiel ein sehr guter Schwimmer.

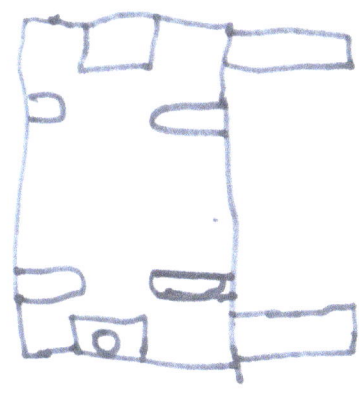

Jetzt geht es weiter zu einer Welt, die die Form eines
Floh- oder Trödelmarktes hat.
Sie heißt die »Sammlerwelt«.

Das ist ein Ort, an dem sich Sammler aller Welten auf
den verschiedensten Floh- oder Trödelmärkten treffen
können, um schöne Sachen auszusuchen oder Dinge zu
verkaufen, die andere nicht mehr brauchen, um damit
anderen oder sich selber eine Freude zu machen.
Hier kann man alles kaufen, was das Sammlerherz
begehrt. Zum Beispiel Dekorationen, Videospiele,
Bekleidung oder Sammelkarten.
Ich selbst bin auch sehr gerne auf Floh- oder
Trödelmärkten unterwegs.

Vielleicht ist ja einer von euch hier an Bord zum Beispiel Influencer oder Youtuber. Wenn das der Fall ist, habe ich hier eine perfekte Welt für euch.

Ohne Technologie können viele heutzutage nicht mehr leben. Ganz ehrlich, warum auch nicht?
Das ist sehr praktisch.
Diese Welt hat die Form eines WLAN-Symbols und heißt die »Netzwerkwelt«.

Die Netzwerkwelt ist ein Ort, der voll ist mit allen möglichen Arten von technischen Geräten, die es jedem rund um die Uhr ermöglichen, ins Internet und in soziale Netzwerke wie Youtube, Tik Tok, Instagram oder WhatsApp zu kommen. Das sind zum Beispiel Handys, Computer, Tablets oder Laptops. Hier gibt es auch die Möglichkeit, in Stühlen zu sitzen, an die man sich selbst anschließen kann, um sich dann zum Beispiel in einer Computerwelt aufzuhalten oder selbst in Computerspielen mitzumachen. Man kann auch seine eigenen technischen Geräte zur Reparatur oder zum Aufladen in die Netzwerkwelt mitbringen. Eine sehr gute Beratung und ein hervorragender Service stehen ebenfalls jederzeit zur Verfügung.

Ich habe schonmal meine Amazon Alexa zur Reparatur mitgebracht, weil sie zwischendurch bei ein paar meiner Wünsche gestreikt hatte. Seither funktioniert sie wieder einwandfrei.

Ich denke mal, unter euch gibt es auch ein paar große Zocker. Für die kommt noch eine andere Option in Frage. Diese Welt hat die Form eines Spielcontrollers. Sie heißt die »Zockerwelt«.

Das ist ein Ort, an dem sich Zocker aller Welten treffen und gegenseitig herausfordern können. Hier sind alle Konsolen und Spiele, die es auf der Welt gibt beziehungsweise gegeben hat. Zum Beispiel Playstations, WIIs oder die alten Spielautomaten mit den ganz alten Klassikern wie Donkey Kong oder Pacman, Kirmesspiele wie Ballondart, Entenangeln oder Schießbuden. Und es gibt auch solche runden Spielarkaden, bei denen viele Spieler gleichzeitig Münzen einwerfen und mit ganz viel Glück auch Preise gewinnen können.

Kleiner Tipp: Wenn ihr euch allgemein in solchen Spielhallen befindet und ihr in einem solchen Automaten etwas seht, das ihr unbedingt gewinnen wollt, dann werft am besten eine Münze rechtzeitig in einen der Schlitze hinein, wenn sich die Plattform einklappt. Und wenn es klappt, dass die Münze rollend auf der Plattform landet, bevor sie wieder aufklappt, könnte das Glück auf eurer Seite sein. Rechts oder links ist dabei egal, denn dabei kann sich die Münze in den Münzenreihen verteilen und dann fallen mit ganz viel Glück weitere Münzen von der

Plattform, die sich mit weiteren darin befindenden
Münzen und dem Preis nach vorne schieben können. So
habt ihr vielleicht größere Chancen, etwas zu gewinnen.
Bei mir hat das schonmal geklappt.
Und hier gibts zwischendurch sehr viele Gamescoms.
Ich zum Beispiel bin ein guter Mariokart-Spieler.

Wer weiß, vielleicht haben wir unter uns zum Beispiel ein Geburtstagskind, das sich wahrscheinlich wünscht, dass sein Geburtstag nie enden sollte?

Die nächste Welt hat die Form eines großen Luftballons. Sie heißt die »Festtagswelt«.

Das ist eine Welt, in der man zusammen mit allen Menschen, die einem wichtig sind, ununterbrochen zum Beispiel Geburtstage, Ostern, Weihnachten oder Silvester feiern kann.

Man kann natürlich auch Karneval oder Halloween feiern und von Haus zu Haus gehen, um Süßigkeiten zu sammeln. Und egal, was man feiert, dazu gibt es passende Lieder, passendes Essen und Trinken sowie Aktivitäten und ganz viel Stimmung.

Ich zum Beispiel feiere sehr gerne Weihnachten.

Wer geht nicht gern ins Theater?

Bisher habe ich noch keinen kennengelernt, auf den das zutraf. Die nächste Welt, zu der wir fliegen, hat die Form einer großen Bühne. Sie heißt die »Maskenwelt«.

Dort treffen sich alle Theaterliebhaber, um auf großen Tribünen oder bei Galavorstellungen viele bekannte Stücke zu spielen, anzugucken, dabei selbst mitzuspielen oder Regie zu führen.

Sogar seine eigenen Stücke kann man sich ausdenken. Wer möchte, kann sich dort zum Beispiel auch Musicals, Opern oder Puppentheater angucken oder Blicke hinter die Kulissen werfen.

Aber egal, wo man hinschaut, überall ist es voll mit Masken. Und wie es sich für ein Theater gehört, gibt es natürlich auch ein großes Snack- und Getränke-Buffet.

Ich persönlich bin ein ganz großer Fan von Musicals.

Bestimmt gibt es einige unter euch, die sehr kreativ sind? Für diejenigen habe ich auch eine Welt zu zeigen. Sie hat die Form eines großen Pinsels.
Sie heißt die »Künstlerwelt«.

Das ist ein Ort, an dem sich viele kreative Köpfe versammeln können, zum Beispiel um etwas zu basteln, zu malen, zu schnitzen oder zu häkeln. Man kann dort auch aus Bügelperlen etwas für sich oder seine Mitmenschen machen, um ihnen damit eine Freude zu bereiten. Hier gibt es auch viele Computer, an denen man ebenfalls seiner Kreativität freien Lauf lassen kann.

Hier können auch Fotos wie von Snapchat oder ganz normale zu Fotoalben zusammengestellt werden, um darin sehr schöne Erinnerungen festzuhalten.
Natürlich gibt es auch die Möglichkeit, seine fertigen Werke voller Stolz auszustellen oder ganz bekannten Künstlern sowie anderen Interessenten zu zeigen.
Ich zum Beispiel bin sehr gerne in OpenOffice kreativ tätig.

Vielleicht gibt es den einen oder anderen Comicliebhaber unter euch? Denn die nächste Welt, in die wir fliegen, hat die Form eines großen Comic-Heftes.

Sie heißt die »Comicwelt«.

Dieser Ort ist voll mit Comics wie MARVEL, DC, STAR WARS oder DREAMWORKS DRAGONS.

Man hat auch die Möglichkeit, sich eigene Comics auszudenken oder, wenn man in eine Maschine hineinläuft, sich selbst in eine Comicfigur zu verwandeln, die in ihre eigenen Comics eintaucht, zum Beispiel von Superhelden, Detektiven oder Abenteurern.

Hin und wieder sind hier auch mal bekannte Comic-Autoren wie Stan Lee zu Gast. Wer Bock darauf hat, kann hier gleichfalls Comic Cons besuchen.

Mir tut es leid, wenn ich nichts Näheres dazu sagen kann, aber ich war noch nie bei einer Comic Con und habe deshalb nicht so viel Ahnung, was da alles passiert.

Ich denke, was da alles so los ist, könnt ihr euch selber ausmalen.

Doch ich habe Videos davon gesehen und mir fest vorgenommen, eines Tages selbst mal einer Comic Con einen Besuch abzustatten, denn das sieht schon sehr interessant aus.

Laß mich mal überlegen! Ein Astronaut, der was auf sich hält, muß auch ein U-Boot Steuern Können. Wär ja nicht das erste Mal!
Hat geklppt! Wir tauchen!
Was du alles kannst, Micky!

Ich weiß, dass viele von euch und auch ich oft versuchen, sie zu vermeiden, aber das muss jetzt sein, denn sie kann doch manchmal ganz nützlich sein.

Wir fliegen jetzt nämlich auf die »Werbewelt« zu.

Das ist ein Ort voll mit Werbeanzeigen.

Zum Beispiel kann ich vom Cockpit aus schon einen trinkenden Eisbären mit Cola in seiner Tatze oder eine Ikea-Werbung sehen.

Aber die Werbeanzeigen von Seitenbacher gehen mir sowas von auf den Sack! Deshalb müssen wir uns nicht länger als nötig hier aufhalten.

Doch ihr könnt beruhigt sein, denn die nächste Welt, die wir anfliegen, hat die Form eines großen Baumes. Sie heißt die »Rückzugswelt«.

Hier ist ein Ort, an den die, die sich von allem abschotten wollen, hinkommen können, wenn sie Ruhe brauchen. Diese Welt ist zum Beispiel voll mit Wiesen, Wäldern, Teichen, Dünen, Terrassen oder Klippen.
Dort kann man Sachen machen, wie Klangschalenbehandlungen, Angeln, Träumen, Klettern oder Minigolf spielen. Hier gibt auch die Möglichkeit, sich zum Beispiel in einer Sauna richtig zu entspannen.
Die Rückzugswelt wird sehr oft besucht.

Sessel

Buch

Fehrnsehen

Handy

1234
567
ABCDE
FH1J

So jetzt geht es aber wieder weiter.

In die nächste Welt, zu der wir hinfliegen, dürfen nur passende Wärter rein.

Sie wurde nämlich an die Arten angepasst, die es dort gibt. Sie heißt die »Zoowelt«.

Das ist ein Ort voll mit den bekanntesten, selbst bereits ausgestorbenen Tieren, zum Beispiel Mammuts, Löwen, Eisbären, Seehunde, Kattas, Affen, Tiger oder Adler. Das Besondere an der Zoowelt ist, dass es keine Käfige gibt, sondern alle Tiere frei herumlaufen und -fliegen.

Besucher können diese Welt nur betreten, wenn sie sich in ihren Raumschiffen befinden, die ganz leise anfliegen und eine Tarnfunktion haben. Wenn die Besucher ganz viel Glück haben, sind manche der Tiere sehr zutraulich und schauen zum Fenster herein.

Ich selbst bin auch ein ganz großer Tierliebhaber.

Wer von euch ist alles Hobbygärtner?

Für diejenigen von euch habe ich eine passende Welt.

Sie hat die Form einer Blume und heißt die »Pflanzenwelt«.

Hier gibt es alle Pflanzen, die man sich nur vorstellen kann, für seinen eigenen Garten. Zum Beispiel gibt es Blumen, Kräuter, Palmen, Kakteen oder Hecken.

Natürlich gibt es auch einen passenden Laden, der wie ein hölzerner Gartenschuppen aussieht. Er ist von außen zwar klein, aber im Inneren ganz schön groß. Hier kann man auch passende Sachen wie Gartenwerkzeuge, Maschinen oder Dekorationen wie Gartenzwerge kaufen. Außerdem kann man mit Führungen einfach so vorbeikommen.

Ich selbst bin ein klein wenig Blumengärtner.

Menschen, die euch wichtig sind, haben euch ganz bestimmt schon das eine oder andere Märchen vorgelesen. Märchen finden ganz bestimmt viele von euch faszinierend.

Denn die nächste Welt, in die wir fliegen, hat die Form einer großen Burg. Sie heißt die »Märchenwelt«. Das ist ein Ort, an dem Wesen aller Welten auf magische Weise in ein Märchen hineinversetzt werden können.

Hier gibt es auch Fabelwesen wie Meerjungfrauen, Drachen, Einhörner oder Zauberer. Und man kann zum Beispiel als echter Ritter gegen Drachen kämpfen und eine wunderschöne Prinzessin befreien.
Natürlich gibts auch die entspannte Möglichkeit, schön an einem Lagerfeuer versammelt zuzuhören, wie ein Vorleser ein Märchen erzählt.

Ich hoffe, ihr habt ein schönes Märchen miterlebt oder gehört, denn jetzt geht es weiter zu einer etwas schnelleren Welt.

Diese Welt hat die Form eines Ferraris. Sie heißt die »Fahrzeugwelt«.

Das ist ein Ort mit vielen der unterschiedlichsten Fahrzeuge wie Autos, Boote, Flugzeuge, Motorroller, Traktoren oder Bagger.

Falls jemand ein Fahrzeug braucht oder tanken, ein Auto reparieren oder waschen lassen möchte, ist das gar kein Problem, denn es gibt immer jeden Service und alles, was man braucht, ist jederzeit vorrätig.

Ja, es gibt hier auch sehr viele Rennstrecken für Fahrzeuge wie Go-Karts oder Formel 1, um nur ein paar zu nennen. Roller- oder Fahrradfahrer können überall schnell durch die Straßen fahren. Übrigens werde ich auch als ein sehr guter Radfahrer anerkannt.

Keine Sorge, hier gibt es auch Polizei-Streifenwagen, die für Recht und Ordnung sorgen. Eine Feuerwehr, die bei Unfällen Hilfe leistet, gibt es ebenfalls.

Außerdem gibt es in der Fahrzeugwelt Wissenssendungen über Fahrzeuge wie Top Gear mit Jeremy Clarkson, James May und Richard Hammond. Dort kann man auch zu Gast sein. Eins sollte man aber immer wissen.

Wenn diese drei irgendwo mit Fahrzeugen unterwegs sind, ist man dort früher oder später nicht mehr sicher. Diese drei sind nämlich ganz große Chaoten.

Außerdem wurden in der Fahrzeugwelt in der Tiefe des Meeres alte Schiffe gefunden, die zum Beispiel Piraten, Wikingern oder Römern gehörten und mit wertvollen Schätzen oder passender Kleidung vor vielen Jahren im Meer untergingen.
Später wurden sie geborgen und an die Oberfläche gebracht. Seither können die, die Lust darauf haben, sich wie richtig gefürchtete Seeleute fühlen, zum Beispiel wie Wikinger oder wie Piraten.
Das ist dann aber keine Animation für Familien, sondern Mütter und Kinder müssen leider zurückbleiben.

Denn wer auch immer sich dazu entscheidet, in den Kampf zu ziehen, für den hoffe ich, dass er sich von den Menschen, die ihm wichtig sind, verabschiedet und ihnen einen letzten Kuss gegeben hat. Denn für ihn gibt es kein Zurück. Und dieses Abenteuer ist nicht immer unbedingt gut ausgegangen. Wer sich aber nach einem richtigen Abenteuer sehnt, ist hier genau an der richtigen Adresse.

Die nächste Welt, auf die wir zusteuern, hat die Form einer großen Landkarte mit einem roten X.
Sie heißt die »Entdeckerwelt« und ist voll mit spannenden Orten wie uralten Tempeln, geheimnisvollen Pyramiden, einsamen Inseln oder einer heißen, trockenen Wüste.
Aber keine Sorge, hier wird man von erfahrenen Experten wie Abenteurern oder Archäologen begleitet.
Und man wird mit passender Ausrüstung wie Landkarten, Ferngläsern oder Kompassen ausgestattet.
Gemeinsam zieht ihr los, um zum Beispiel ins große Abenteuer zu starten, knifflige Rätsel zu knacken oder auf Schatzsuche zum Beispiel uralte Artefakte oder verloren geglaubte Städte zu finden. Die Funde werden entweder an Ort und Stelle oder aber in der Museumswelt gezeigt oder ausgestellt.

Aber in der Entdeckerwelt ist es nicht immer sicher.
Hier sind nämlich schon ein paar mutige Abenteurer ums Leben gekommen beim Versuch, von dort zu entkommen, wo sie sich gerade befanden.
Ich denke mal, nach so vielen Abenteuern gehen einige von euch bestimmt gerne bummeln.

Wir fliegen jetzt zur nächsten Welt, die die Form eines Einkaufswagens hat. Sie heißt die »Shoppingwelt«.

Das ist ein Ort voll mit den verschiedensten Arten von Einkaufsläden.

Zum Beispiel gibt es hier eine Makeover-Boutique. In der können die Modeliebhaber sich stylisch austoben und Mode aussuchen, eigene Mode herstellen, frisieren, schminken oder wie bei Germany's Next Topmodel mit ihrer Mode auf einem Laufsteg rumlaufen.

Hier gibts auch einen Cinematic-Shop, wo es alles Mögliche an Film- und Serien-Fanartikeln wie T-Shirts, Tassen, Dekorationen oder Kostümen gibt.

Wer auch immer eine Pause braucht, kann sich in die Chillout-Zone zurückziehen. Dort gibt es alles, was man für eine richtige Entspannung braucht, wie Sitzsäcke, Kamine, farbenfrohe Beleuchtungen oder Wasserbetten. In dieser Zone kann man solange bleiben, wie man will, denn hier gibt es auch eine riesige Sammlung von Hörspielen, Hörbüchern oder Podcasts, ob nun auf Musikkassette, CD oder im Radio. Man kann zum Beispiel mit den drei ??? oder Ninjago sogar in eine sogenannte Hörspielwelt eintauchen.

Um sich etwas zu trinken auszuwählen, gibt es auch viele Möglichkeiten. Zum Beispiel gibt es einen Tee-Automaten, der die Form einer großen Teekanne hat und voll ist

mit Tees, die man kennt, und welchen, die man noch nicht kennt, wie Spanische Orange oder auch mit meinem Lieblingstee Blueberry Muffin.

Für seinen jeweiligen Wunschtee muss man nur auf den Knopf drücken und schon kommen Modellfahrzeuge wie Lokomotiven mit Waggons oder Taxis mit den Tees angefahren, die sie in Tassen servieren. Und es gibt eine drehende Scheibe mit Untersetzern zu passenden Themen oder Stimmungen.

Außerdem gibt es hier das Candy Paradise. Das ist ein Laden voll mit allen Süßigkeiten, die man sich nur vorstellen kann, wie Smarties oder After Eight.

Im Inneren der Shoppingwelt gibt es eine große Spielarena. Dort können sehr viele Spieler gleichzeitig ihre Gegner in Spielen wie ›Mensch ärgere dich nicht‹, ›4 Gewinnt‹, ›Top Trumps‹ oder ›Das verrückte Labyrinth‹ herausfordern.

Sammler von Serien wie Bayblade, Pokemon, Bakugahn oder Topps Force Attax haben hier auch eine Chance, sich zu beweisen.

Außerdem gibt es ein Trainingszentrum für Leute, die gerne eine Waffe haben wollen, beispielsweise für das Jagen im Wald oder für die Verbrecherjagd. Jeder, der das möchte, kann dort einen Waffenschein bekommen.

Den Infinity-Store sollte man sich auf jeden Fall ansehen. Dort gibt es alle Souvenirs, die man sich nur vorstellen kann. Und zwar von allen Welten, die ihr schon kennt, und auch von denen, die noch kommen werden.
Ich bin auch ein großer Bummler …

Ihr fragt euch bestimmt, warum ich jetzt nicht mehr so motiviert bin, weiterzufliegen, und weshalb ich dazu nicht etwas sage? Das hat einen tragischen Grund.
Wir haben jetzt nämlich die schönen Welten hinter uns gelassen und die bösen Welten erreicht.
Ich hatte eigentlich gehofft, nie wieder in die erste Welt zurückzukehren, die wir uns nun ansehen werden. Sie hat die Form eines Friedenskreuzes und heißt die »Totenwelt«.

Infinity ist nicht immer so gewesen, wie ihr alle es heute kennt. Und ich kann mir eine der wichtigsten und offen-sichtlichen Fragen, die mir wohl jeder von euch gerne stellen würde, jetzt schon ausmalen. Ja, ich hatte auch eine Familie, doch leider wurde sie mir genommen.
Die schönen und die bösen Welten von Infinity waren vorher zwei vollkommen voneinander getrennte Welten.
Alle schönen Welten zusammen hießen früher die »Amüsierwelt«. Und das war auch mein Zuhause.
Ich hatte ein glückliches Leben mit meiner vierköpfigen Familie. Mein Vater, Arnie Hammerstein, meine Mutter, Sophia Hammerstein und mein älterer Bruder, Mattis Hammerstein. Wir haben gemeinsam alles gemacht, was ihr euch in den jetzigen Welten vorstellen könnt.

Einige Zeit später hab ich mich in eine süße junge Frau namens Anna Kriege verliebt. Wir haben gemeinsam viel erlebt. In der Herzenswelt hatten wir uns richtig kennengelernt und seither waren wir unzertrennlich. Als wir geheiratet haben, hat sie meinen Nachnamen angenommen und hieß seitdem Anna Hammerstein.

Irgendwann war sie auch schwanger, weil wir beide uns gewünscht hatten, Eltern zu werden. Meine Frau Anna und ich hätten fast einen Sohn namens Tim Hammerstein bekommen.

Meine Familie hatte sich schon riesig gefreut, Großeltern und Onkel zu werden. Annas Familie war eher weniger erfreut. Sie waren nicht unbedingt eine Vorzeigefamilie und wollten nichts mit ihr zu tun haben.

Und Anna andersrum nicht mit ihnen. Deswegen hatten wir sie in unsere Familie aufgenommen und sie fühlte sich sehr wohl bei uns.

Doch plötzlich kam eines Tages wie aus dem Nichts eine sich mit rasender Geschwindigkeit drehende zweite Welt auf unsere Welt zu. In dieser zweiten Welt befanden sich die bösen Welten, die wir heute kennen.

Wir wussten damals nicht, wie diese Welt hieß. Weil sie ganz pechschwarz war, nannten wir sie die »Schattenwelt«.

Obwohl wir die Schattenwelt noch nie zuvor gesehen hatten, wollten wir nicht so sein und ließen beide Welten sofort evakuieren.

Viele Rettungs-Raumschiffe kamen rechtzeitig zur Hilfe und so konnten viele von uns glücklicherweise in Sicherheit gebracht werden.

Doch als ich mit meiner Familie in eines dieser Schiffe einsteigen wollte, um noch rechtzeitig zu entkommen, kam die Schattenwelt leider immer näher. Der Rest meiner Familie konnte mich in allerletzter Sekunde noch in das Raumschiff schieben, bevor die Luken sich schlossen. Sie selbst mussten leider zurückbleiben, denn für sie kam jede Hilfe zu spät.

Mein Schiff flog ab und ich musste von Ferne mit ansehen, wie beide Welten ineinander krachten, und ich dabei gleichzeitig meine Familie und mein Zuhause verlor.

Beide Welten zersprangen in Einzelstücke und flogen auf den ganz blaufarbigen Planeten zu, den ihr alle kennt. Als sie dort ankamen, gab es eine gewaltige Druckexplosion und sie formten sich zu den einzelnen Planeten.

So entstand die Welt der unbegrenzten Möglichkeiten namens »Infinity«.

Aber egal, wo ich aus den Fenstern hinschaute, es stieg überall Rauch auf und es türmten sich Leichenberge. Viele weitere Bewohner hatten die Flucht leider nicht überlebt.

Doch bei meinem Blick aus den Fenstern hatte ich Anna entdeckt, die im Herzsee schwamm. Ich wollte sofort zu ihr und das hat der Pilot des Raumschiffes zugelassen.

Als ich dort ankam, kreisten in dem Herzsee viele Herzen um Anna herum, die sich schließlich zu einem großen Herz formten, das sie vor mir absetzte.

Anna war schwer verletzt und hatte nur noch ein paar Minuten zu leben. Sie hatte noch eine letzte Baileys-Flasche retten können. Weil sie wusste, dass ich diese Sorte gern trinke, bekam ich als Abschiedsgeschenk diese Flasche und einen Flachmann, auf dem nicht nur unsere verliebten Gesichter, sondern auch ein großes Herz mit Pfeil eingraviert waren.

Sie konnte mir noch sagen, dass ich den Flachmann immer dann benutzen solle, wenn ich mich einsam fühle. Dann wäre sie immer bei mir. Und sie würde mich für immer lieben. Wir gaben uns noch einen letzten Abschiedskuss, bei dem sie in meinen Armen starb.

Leider kam auch jede Hilfe für sie zu spät, um unseren zukünftigen Sohn noch zur Welt zu bringen.

Ich war traurigerweise der Einzige aus meiner Familie, der diese traumatischen Ereignisse überlebt hat.

Nach und nach wurden alle Welten größtenteils wieder aufgebaut, während einige auch von selber schön geworden sind. Ich habe von den vielen Leichen eine nach der anderen zur Totenwelt gebracht und sie alle dort alleine begraben.

Ich habe viele schöne Grabsteine, Blumen und Kerzen für alle Opfer gekauft, denn das Geld und alles Drum und Dran war mir in diesem Moment sowas von egal.

Als Allerletztes habe ich meiner Frau mit unserem ungeborenen Sohn im Bauch die letzte Ehre erwiesen, indem ich ihr meinen Ehering mit ins Grab gelegt habe.

Danach habe ich mich sehr lange in die Rückzugswelt zurückgezogen.

Ich musste all die traumatischen Ereignisse verarbeiten, und glaubt mir, dafür habe ich eine ganz lange Zeit gebraucht. Aber als es mir irgendwann wieder besser ging, habe ich mir das Reiseführerschiff gekauft, in dem wir heute alle fliegen. Und nachdem ich mir alle getrennten Welten nach und nach angesehen hatte, wollte ich unbedingt ein Reiseführer durch diese riesengroße Welt werden.

Ich hab also ne Ausbildung gemacht, die ich mit Erfolg bestanden habe.

Seither habe ich »Infinity« anderen Lebewesen aller Welten gezeigt und bis jetzt habe ich alle Passagiere zu ihrer Zufriedenheit zurückgebracht.

Wer weiß, ob es sich eines Tages ergibt, dass ich eine neue Lebensgefährtin finde, aber was soll's.

Alle Passagiere, die ich bis jetzt durch »Infinity« geführt habe, und auch ihr seid Teil meiner großen Familie. Meine verstorbene Frau und unser Sohn hätten nicht gewollt, dass ich allein bin. Und genau deshalb ziehen wir das jetzt durch.

Die Totenwelt ist voll mit Gräbern und Kirchen, wo man für die Verstorbenen jederzeit Opferkerzen anzünden oder Blumen mitbringen kann, wenn man an sie denken muss.

Zwischendurch kann man auch mal etwas Schönes machen, wie Gottesdienste.

Aber geht bitte nicht ganz spät nachts durch diese Welt. Und vor allem nicht alleine. Denn das könnte für den einen oder anderen von euch sehr gruselig werden.

Na toll, wir fliegen gerade auf die nächste Welt zu, die die Form eines großen Kürbis hat.

Sie heißt die »Monsterwelt«.

Ich denke, ihr könnt euch schon selber ausmalen, was für Monster es alles gibt, aber egal. Dort sind Monster wie Frankenstein, Vampire, Hexen oder Geister zuhause.

Wer auch immer dorthin will, muss sich bewusst sein, dass er dann für immer verflucht ist.

Achtung, jetzt wird's gefährlich, denn wir fliegen gerade auf die nächste Welt zu, welche die Form einer Dynamitstange hat.

Sie heißt die »Katastrophenwelt«. Wer auch immer in diese Welt will, sollte sie mit äußerster Vorsicht genießen. Und wer nicht rein will, dem rate ich dringend, im Raumschiff zu bleiben. Denn das ist ein Ort voll mit den größten Katastrophen, die man sich nur vorstellen kann, wie Überflutungen, Explosionen oder Erdbeben. Und zu allem Übel laufen hier Schwerst- und Serienverbrecher frei herum.

Ich hoffe, unter euch sind viele Glückspilze? Ihr könnt nämlich in der nächsten Welt, welche die Form einer schwarzen Katze hat, ganz viel Glück gut gebrauchen. Sie heißt die »Unglückswelt«.

Diese Welt ist nicht sicher. Wer gar kein Glück hat oder abergläubisch ist, stürzt dort für immer ins Unglück. Zum Beispiel gibt es Risse in den Straßen oder zerbrochene Spiegel.

Auch das noch! Wir fliegen jetzt auf eine Welt zu, wo ihr alle wahrscheinlich nicht so gerne hinfliegen würdet, aber es geht nicht anders. Sie hat die Form eines wütenden Emojis.

Sie heißt die »Stresswelt«. Da wird man auf Dauer nicht glücklich, denn dort ist der Teufel höchstpersönlich zuhause. Dort wird leider zum Beispiel sehr viel gestritten oder üble Streiche werden gespielt.
Es gibt auch die Möglichkeit, mit einem Fingerschnippen oder mit einem lebendigen Sorgenfresser zum Beispiel all seine Sorgen oder seine Trauer dorthin zu verbannen.

Nun nähern wir uns ganz langsam dem Ende unserer »Infinity«-Reise. Denn nun liegt die letzte Welt vor uns. Es hilft vielleicht nicht immer, aber wer weiß, manchmal kann es doch nützlich sein, gute Einfälle zu haben.
Sie heißt die »Ideenwelt« und hat die Form einer Glühbirne.
Hier können Lebewesen aller Welten zum Beispiel ihre Ideen auf ihren Handys aufschreiben und sie danach zu einer großen elektronischen Pinnwand schicken, die sie automatisch aufhängt.
Falls es für den einen oder anderen mit der modernen Technik dort zu blöd wird, ist das auch kein Problem. Denn es gibt auch die Möglichkeit, seine Wünsche bei den Ideen-Sammlern persönlich zu äußern. Die Ideen-Sammler schreiben sie auf und dann werden die Wünsche von einem Drucker, der auch laminieren kann, gedruckt und laminiert.

Die Wunsch-Überbringer dürfen ihre Wünsche dann selber an einer normalen Pinnwand aufhängen.
Selbstverständlich werden die Ideen-Sammler versuchen, sie so schnell wie möglich umzusetzen.
Ich zum Beispiel habe die Idee geäußert, für Weltfrieden zu sorgen.

So Leute, das war's.
Wir fliegen jetzt auf einen weit offenstehenden Stern zu.
Der heißt die »Sternenhöhle«.
Das ist der Ausgang aus »Infinity«.
Dort könnt ihr noch ein allerletztes Mal schön träumen und los geht's. Die Sternenhöhle ist voll mit Sternen. Was man sich auf keinen Fall entgehen lassen sollte, ist der Glitzerfluss mit all seinen verschiedenen Farben.

Und da sind wir auch schon wieder wohlbehalten auf unserem Planeten Erde. Das hat echt Spaß gemacht. Vielleicht sollten wir das öfter machen.

Ihr könnt eure Augen jetzt wieder aufmachen und aufstehen.
Wenn ihr den Wunsch verspürt, noch einmal so eine Reise zu machen, dann könnt ihr dieses Buch gerne jederzeit wieder aufklappen.

Bis zum nächsten Mal,
euer »Infinity«-Reiseführer
Max Hammerstein

Der Autor Timothy James Hilder, kurz Tim Hilder, ist gebürtig aus Sheffield in England und als Kind nach Deutschland gezogen. Wegen festgestelltem Autismus war er Schüler der Schule in der Widum, einer Förderschule für geistige Entwicklung. Jetzt ist er bei den Ledder Werkstätten tätig. Er ist in seiner Familie glücklich mit den Sprachen Englisch und Deutsch aufgewachsen. Eine Lehrerin, mit der er nach seinem Schulabschluss noch den Kontakt pflegt, hatte über seinen Whatsapp-Status mitbekommen, dass er etwas von seinen eigenen hobbymäßigen „Dreamworks Drachenzähmen leicht gemacht"- Nacherzählungen zeigte. Seither hatte sie großes Vertrauen in ihn, dass er eine eigene Geschichte erzählen könnte. Als die Geschichte fertig war, hat er ein Team aus Mitmenschen, die er sehr gut kennt und die gut malen können, zusammengestellt. Diese Menschen und er selbst haben die ganzen unterschiedlichen Welten dieser Geschichte farbenfroh und passend illustriert. Er hatte schon hin und wieder mal von einer Welt voller unbegrenzter Möglichkeiten geträumt. Eine solche Welt gibt es zwar noch nicht, aber nun ist sie schon mal so, wie der Autor sie sich vorstellt, in Form eines Buches, Realität geworden. Der Hobbyautor lädt die Leserinnen und Leser zu einer spannenden Traumreise ein.

Die Zeichnungen wurden geschaffen:

TITELBILD – TIM HILDER

KRANKENHAUSWELT – TIM HILDER

WISSENSCHAFTSWELT – TIM HILDER

INFINITY SELBST – TIM HILDER

URLAUBSWELT – TIM HILDER

HERZENSWELT – LISA SLUITER

MUSIKWELT – LISA SLUITER

SPEISEWELT – LISA SLUITER

BÜCHERWELT – DIRK SEYFERT

MUSEUMSWELT – FRAU VAHRENHORST

KINOWELT – LISA SLUITER

VERGNÜGUNGSWELT – TIM HILDER

SPORTWELT – LUISA PAX

SAMMLERWELT – TIM HILDER

NETZWERKWELT – LISA SLUITER

ZOCKERWELT – LUISA PAX

FESTTAGSWELT – TIM HILDER

MASKENWELT – LUISA PAX

KÜNSTLERWELT – LUISA PAX

COMICWELT – LISA SLUITER

WERBEWELT – TIM HILDER

RÜCKZUGSWELT – LUISA PAX

ZOOWELT – FRAU LUTHER

PFLANZENWELT – SOPHIE BECKER

MÄRCHENWELT – LUISA PAX

FAHRZEUGWELT – LISA SLUITER

ENTDECKERWELT – TIM HILDER

SHOPPINGWELT – LUISA PAX

AMÜSIERWELT – TIM HILDER

SCHATTENWELT – TIM HILDER

TOTENWELT – TIM HILDER

MONSTERWELT – SOPHIE BECKER

KATASTROPHENWELT – TIM HILDER

UNGLÜCKSWELT – TIM HILDER

STRESSWELT – LUISA PAX

IDEENWELT – TIM HILDER

STERNENHÖHLE – FRAU VAHRENHORST

Herzlichen Dank an alle Illustratorinnen und Illustratoren und auch an alle anderen, die zum Gelingen dieses Buches beigetragen haben! Ein besonderer Dank geht an Frau Iksal für ihre Ermunterung und Unterstützung.